A Rookie
reader
español

Vamos
a la granja
de la abuela

Escrito por Betsy Franco
Ilustrado por Claudia Rueda

Children's Press®
Una división de Scholastic Inc.
Nueva York • Toronto • Londres • Auckland • Sydney
Ciudad de México • Nueva Delhi • Hong Kong
Danbury, Connecticut

Para la abuela Mitz
—B.F.

Para mi esposo Jorge, por creer siempre
—C.R.

Especialistas de la lectura

Linda Cornwell
Especialista en alfabetización

Katharine A. Kane
Especialista de la educación
(Jubilada de la Oficina de Educación del Condado de San Diego,
California, y de la Universidad Estatal de San Diego)

Traductora
Isabel Mendoza

Información de Publicación de la Biblioteca del Congreso de los EE.UU.

Franco, Betsy.
  Vamos a la granja de la abuela / escrito por Betsy Franco; ilustrado
por Claudia Rueda.
    p. cm.
Resumen: Una familia de la ciudad usa diferentes medios de transporte
para llegar a la granja de la abuela.
  ISBN 0-516-25889-3 (lib. bdg.)   0-516-24616-X (pbk.)
  [1. Transportes—Ficción. 2. Viajes—Ficción. 3. Abuelas—Ficción.
4. Vida en la granja—Ficción. 5. Materiales en español.] I. Rueda, Claudia, il.
II. Título.
  PZ73.F665 2003
  [E]—dc21
                                          2003000451

CHILDREN'S PRESS y A ROOKIE READER® ESPAÑOL, y los logos asociados
son marcas comerciales y/o marcas comerciales registradas de Scholastic
Library Publishing. SCHOLASTIC y los logos asociados son marcas comerciales
y/o marcas comerciales registradas de Scholastic Inc.
1 2 3 4 5 6 7 8 9 10 R 12 11 10 09 08 07 06 05 04 03

Vamos a la granja de la abuela.

Viajamos en un taxi.

En un avión volamos.

Navegamos en un barco.

En un tren paseamos.

¡Ahí está la abuela!

En su coche nos montamos.

¡Cuidado con las ovejas!

¡Biip! ¡Biip! ¡Biiiiip!

En la granja de la abuela
ahora todos estamos.

21

¡Y en los caballos de su establo cabalgamos!

Lista de palabras (35 palabras)

a	coche	la	taxi
abuela	con	las	todos
ahí	cuidado	los	tren
ahora	de	montamos	un
avión	en	navegamos	vamos
barco	está	nos	viajamos
biip	establo	ovejas	volamos
cabalgamos	estamos	paseamos	y
caballos	granja	su	

Sobre la autora

Betsy Franco vive en Palo Alto, California, en donde ha escrito más de cuarenta libros infantiles, incluyendo libros ilustrados, de poesía y de no ficción. Betsy y su pequeña gata Jada son las únicas hembras de su familia, compuesta también por su esposo Douglas, sus tres hijos, James, Thomas y David, y su gato grande Lincoln. Betsy comienza a escribir a tempranas horas de la madrugada, cuando todos, menos los gatos, duermen.

Sobre la ilustradora

Claudia Rueda nació en Bogotá, Colombia, en donde vivió durante toda su infancia. Hace cinco años se mudó a Estados Unidos con su esposo. Tiene dos niñas pequeñas. Ha escrito e ilustrado varios libros educativos publicados en América del Sur, y también ilustró un libro infantil en España.